KB097919

오늘도 나는 집으로 간다

오늘도 나는
집으로 간다

—
나태주 시집

열림원

오늘도 많이 늦었다
겨우겨우 살아남은 날
골목길엔 벌써 혼곤한 불빛
스스로 마음 자락을 밟으며 굴리며
집으로 돌아가는 길

— 「집으로 돌아가는 길」에서

오늘도 나는 집으로 간다

우리는 누구나 돌아가는 사람들
하루에 한 번씩 집으로 돌아가고
고향으로 돌아가고
부모님에게로 친구들에게로 돌아가고
끝내는 영원으로 돌아가는 사람들

왜?
우리가 그곳으로부터 왔고
그들로부터 왔고
또 영원에서 왔고
우리 자신 영원이니까

오늘도 나는 집으로 간다
낡은 침대와 밝은 불빛이 기다리는
집으로 돌아간다

영원으로 돌아가는 연습으로

날마다 날마다 그렇게 한다

그대여, 그대도

돌아가기 바란다

영원으로 돌아가기에 앞서

날마다 날마다 그대 집으로 돌아가

그대 편안한 잠을 찾기 바란다.

함께 가자 먼 길. 2024

차례

1부

—

안녕 안녕, 오늘아

하늘 쾌청

골목길
골목길을 돌아가는데
나비 한 마리 날아간다

올해 들어 두 번째 만나는 나비

내 마음도 나비 날개를 따라
훨훨 하늘 높이 날아오른다
아, 세상은 아직도 아주 망하지 않았구나

하늘 쾌청, 가슴을 쓸어내린다.

아침에 일어나

어김없이 오늘도 배가 아프다
배가 아프다는 건 오늘도 새날이 왔으니
나더러 일어나 새날을 맞으라는 신호
알람 시계 소리 같은 것

천천히 침대에서 몸을 일으켜
따뜻한 물 한 컵을 끓여 마시고
분리된 몸을 찾아다 맞추듯
팔과 다리와 허리를 움직여본다
아, 아직 그 자리에 있군
다행이야 다행!

이제 나는 오늘도 오늘치의 세상 여행을
떠날 참이다
자전거를 타고 개울 길을 달릴 것이고
골목길을 돌아오는 낯설지만 반가운

바람을 만날 것이고
골목길 시멘트 바닥 틈새에 피어난
민들레와 눈을 맞출 것이고
개울물에 새로 새끼 쳐 헤엄치는
피라미, 피라미 새끼들을 만날 것이다

오늘은 좋은 날
지구에서 만난 기적의 한 날
어머니, 오늘도 세상 구경 잘하고
이 자리로 돌아올게요
마음속 어머니에게 인사를 드린다.

안녕 안녕, 오늘아

나 지금 집으로 돌아간다
고달픈 하루, 일과를 접고
무거운 팔과 다리 데리고 집으로 간다
집에 가면 낯익은 얼굴 주름진 얼굴
나를 반겨주겠지
왜 이리 늦었느냐 채근도 하며
반가운 얼굴로 맞아주겠지
하루 종일 밝은 세상
반짝이는 사람들 사이
누비고 헤매고 다녔지만
마음은 여전히 어둡고 불안했지
이제는 나 반짝이지 않아도 좋아
억지로 환하고 밝지 않아도 좋아
나 이제 집으로 간다
오래된 얼굴이 기다리는 집
어둑한 불빛이 반겨주는 집

편안한 불빛 속으로 나 돌아간다

안녕 안녕, 오늘아.

나의 꿈

날마다 내가 하는 일 가운데 중요한 일은

꽃나무에게 물을 주는 일

어린 꽃나무에게도 물을 주고

시들어가는 꽃나무에게도 물을 주고

꽃이 진 나무에게도 골고루 물을 주는 일

더하여 날마다 내가 하는 일 가운데 중요한 일은

꽃밭에 난 잡초들을 뽑아주는 일

뽑아도 뽑아도 바닥나지 않는 잡초들

뽑고서 돌아보면 미처 다 뽑지 못한 잡초들

그처럼 나는 날마다 사람들 마음에 물을 주는 사람

어린 청춘들에게 중년의 어른들에게

나이 든 노인들에게

기다려보자고 함께 가자고

힘들어도 조금만 더 참아보자고

쉴 새 없이 소망의 말을 전해주는 사람

나아가 나는 사람들 마음에 난 잡초를 뽑아주는 사람
우울하고 어두운 마음, 시든 마음,
갈등과 미움의 마음을
있는 대로 골고루 뽑아주고 싶은 사람

이것이 날마다 꽃밭에 물을 주고 잡초를 뽑으면서
내가 생각해보는 나의 꿈이다.

변명

나를 다시 낳아줘

사람은 싫어

남자로는 더욱 싫어

그냥 한 그루 나무로 낳아줘

그냥 한 포기 예쁜 풀로 낳아줘

나무로 태어나

한 생애 근심 없이 살다가

늙은 나무가 되어

편안하게 곱게 돌아가고 싶어

예쁜 풀싹으로 자라

어른 풀 되고

꽃도 예쁘게 피우고

꽃씨 두어 낱알 땅에 던지고

짧아서 아쉬운 생애

마치고 싶어

아니야, 아예 아무것으로도

낳지 말아줘

생명 가진 것으로는 세상에 다시

오지 않는 게 좋아

사실은 그래서

부처님 따라다니지 않고

예수님 따라다니는 거야

예수님은 부처님처럼 다시

인간으로 세상으로 나가라고

요구하지는 않을 테니까 말이야.

입안의 향내

초록의 세상 초록의 비가 내리는 초여름날

서울로부터 멀리 북쪽 마을 임진강 가에 있는 연천군 군남초등학교

58년 전 첫 선생으로 발령받아 만난 첫 제자들과의 하루

이제는 칠십 대로 다같이 늙어가는 사람들과 함께한 시간 꿈만 같았지만

무엇보다도 그들로부터 열아홉 스무 살 무렵

내 이야기를 전해 듣는 일은 부끄럽도록 황홀했다

그런 가운데 6학년 담임하느라 수고하는 손자를 위해

그 멀고 낯선 땅까지 와서 방 하나 얻어 1년 동안

손자와 살며 밥해주신 외할머니

아이들을 만나서는 '우리 선생님, 우리 선생님'

그렇게 아이들한테 나를 불렀다는 말 처음 듣고 울컥

외할머니 다시 뵌 듯 외할머니 보고 싶어지는 마음

'할머니, 할머니' 혼자서 입속으로 불러보았다

단내 나던 입안에서 문득 향내가 맴도는 듯도 싶어라.

달항아리 1

옷을 벗었어도
부끄럽지 않고
옷을 입었어도
거추장스럽지 않은
그대

잠 없이도 꿈꾸어라
해님을 안았다 하고
달님을 또 안았다 하리.

버킷 리스트 1 −지금이라도

너에게 사랑 받고 싶다

아니다

지금이라도 너를

사랑하고 싶다.

버킷 리스트 2 —5분만

그래, 오래 오래
그래, 많이 많이
신록이 저렇게 숨 가쁘게
푸르러 오는데

빈 공원 벤치 위에서
꺼졌던 전깃불 다시
살아나듯이.

비밀

그녀는 내게서
특별한 냄새가 난다고 말한다
그녀만 아는 나의 향기다

그녀에게서도 특별한 냄새가 난다
앞으로 안았을 때보다도
뒤로 안았을 때 나는 냄새다
나만 아는 그녀의 향기다

그러나 나는 그것을
그녀에게 끝까지
말하지 않기로 한다.

연정

민들레꽃은
혼자 웃지 않는다

사람이 먼저
웃어주었을 때만
함께 웃는다.

아침 기도

내일은 대만으로 문학강연 하러 가는 날
아침 식탁에서 아내의 기도가 길고도 길다

저는 50년 동안 머리 조아려 빌고
기도한 일밖에는 없습니다
그런데 사랑하는 아들
머리에 기름 부어 축복해주시고
창공을 나는 독수리 날개 되게 하여주시고
16년 전에 마땅히 죽었어야 할 자를 살려주시고
주시고…… 주시고…… 주시고……

기도의 말씀 길고도 길어 바다 건너
대만 땅까지 건너갔다가 돌아올 만하겠다.

화분 식물

잘 자라지 않는다
쉽게 시든다

거름 부족이거나
햇빛 부족이 아니라
물 과잉이 원인이다

오늘날 우리들 삶이 그렇다.

다리에게 칭찬

오늘도 하루를 걸어서

다리가 부었다

오른쪽 다리를 따라 다니느라

왼쪽 다리가 더 부었다

그러나 자고 일어나면

부은 다리가 내리고

하루치 여행을 다시

떠날 수 있겠지

이 얼마나 다행스런 일이냐

이거야말로 지상의 행운

사람이 두 다리로 걷는다는 건

축복이고 감사다

어디를 걷든지 그것은

지구를 걷는다는 것

강가를 걷든 공원 길을 걷든

사람들 북적대는 시장 길을 걷든

그것은 지구의 등허리 맨살을

밟는다는 것

이 얼마나 감격스런 일이냐

거룩한 일이냐

오늘도 부은 다리를 쓰다듬으며

나를 데리고 다니느라

수고했네

고마워 고마워 머리 조아려

다리에게 칭찬한다.

돌멩이

네 얼굴 보면
마음이 조금 밝아지고

네 음성 들으면
마음 조금 더 맑아지니

이를 어쩌면 좋단 말이냐
너는 멀리에 있어

얼굴도 볼 수 없고
목소리도 들을 수 없으니

그냥 여기, 나
한 개 돌멩이나 되련다.

호수

네가 온다는 날
마음이 편치 않다

아무래도 네가 얼른
와줘야겠다

바람도 없는데
호수가 일렁이는 건
바로 그 때문이다.

집이 가까워졌다

가자 집으로 가자
날 어둡고 다리 아프고
지쳤지만
서둘 일은 없다
그럴수록 천천히
두리번거리며 가자
아쉬워할 일도 없다
그만큼이 최선이었고
그만큼이 한계였다
가자 집으로 가자
사막을 건너듯
힘들게 견뎌온 하루
그 모든 하루가
거의 바닥이 나고 있다
서둘 일은 없다
집이 보다 가까워졌다

어머니 기다리고 계시겠지

할머니도 그 옆에 계시겠지

어린 동생들 반겨주겠지.

아픈 손가락

아, 아, 아,
아픈 손가락

날마다 하늘 보고
기도한다
맑게 개인 하늘
마음이기를

밤마다 별을 보고
소망한다
잠이라도 편히 자고
좋은 꿈 꾸도록

더는 없단다

하루하루 순간순간이

최상의 삶임을

잊지 말아다오.

얼음새

아플 때 몸이 아플 때만
머리 조아려 기도한다

급할 때 일이 급할 때만
길게 길게 기도 드린다

저 히말라야 바위산
숨어 산다는 얼음새

밤이면 추워서 떨며
집을 짓지 않은 걸 후회하다가

날이 밝으면 그걸 잊고
좋아라 창공을 난다는 새

그러고는 또다시

밤이 오면 후회한다는 얼음새

오늘날 나 사는 꼴이

그와 무엇이 다르랴.

저녁 어스름

한 잔의 독한 술처럼
가슴을 파고드는 황혼
저녁 어스름

피곤하다
쉬고 싶다
나는 오늘 너무 많이 걸었고
너무 오래 서서 있었다

내 차례의 의자는
쉽게 어디에도 없었고
끝없이 서성이기만 했다

그래 쉬거라 걱정하지 마라
머지않아 너도 쉴 때가 오리라
어딘가에서 들려오는 음성

바람 소리인가

숲의 소리인가.

마음의 의자 하나

오늘도 종일 힘들었지요?
어디라 없이 서성였고
앉을 자리조차 마땅치 않아 더욱
고달팠지요?
몸이 힘들고 고달픈 것도 그렇지만
마음이 고달프고 힘든 것
견디기 힘들었을 줄 알아요
저절로 살아지는 인생 아니고
살아가는 인생도 아니고
살아내야 하는 인생이라 그러지만
말처럼 그게 그렇게 쉬운 게 아니지요
하루하루 순간순간 버티고 견디고
기다리는 삶이 어디 만만한 것인가요
그렇다 해도 부디 우리
잘 견딜 수 있기를 바라요
잘 이겨내고 승리할 날을 기다려요

오늘도 순간순간

힘들고 어렵고 지친 당신을 위해

의자 하나 내드려요

몸이 가서 앉는 의자가 아니라

마음이 가서 앉는 의자예요

부디 그 의자에 당신의 마음을 앉히고

하늘을 우러러보고

흘러가는 흰 구름에게 눈을 맞추기도 해보아요

숲에서 오는 바람, 바람의 숨결에

당신의 숨결을 맡겨보기도 하세요

조금씩 천천히 좋아질지도 몰라요.

하루하루

아침마다 몸이 아프다
배가 아프고 팔다리가 아프다
쉽게 일어설 수가 없다
숨을 깊게 여러 차례 쉬어보고
따뜻한 물을 마셔봐도
쉽사리 좋아지지 않는다
그래도 기다린다
몸이 마음을 따라와
하나가 되기를 기다린다
예전엔 마음이 몸을 따라오지 않아
자주 기다렸는데
이제는 그 반대가 되었다
이제 일어날 때예요
다시 하루를 시작할 때예요
앞산에 와서 우는 뻐꾸기가 거들어준다
그래 그래 알았어 알았다니까

꼭 내가 허물어져 주저앉은

조그만 폐가 마찬가지다

그렇게 마련한 하루하루

얼마나 소중한가?

그건 당신의 하루도 그럴 것이다.

마지막 말

한 번 실패한 사람은 다시 실패하기 쉽다
그 말씀 참 마음 아프다

왜 한 번 실패했으면 됐지 두 번 실패해야 하는가
마땅히 두 주먹을 쥐고
됐다 됐다 이젠 정말 됐다
답이 나올 때까지 버텨야 한다

그래서 마지막 말을 바꾸어야 한다
한 번 실패한 사람은 절대로
두 번 실패하지 않는다.

타이스의 명상곡

누군가의 생애처럼

끝날 듯 끝날 듯

끝나지 않는

강물 하나

내일까지 마르지 않겠다.

사람을 안는다는 것 — 전진영 님

그것은 오래 자란

나무 한 그루를 안는다는 것이다

그것은 아주 커다란 산 하나

가슴에 들인다는 것이다

아니다

내가 또 하나 꽃으로 피어난다는 것이다

구름이 된다는 것이고

하늘이 된다는 것이고

별이 된다는 것이고

끝내 지구를 통째로 쓸어안고

내가 지구 또 하나 지구가 되어

몸부림친다는 것이다

나는 결코 사막이 아니고 절벽이 아니다

쉽게 떠나려고 하지 말아라.

그 집 1

그 집에는 그리움이 살고 있다
그리움은 목이 긴 도라지꽃
연보랏빛

보고 싶었어요
소리 내어 말하고 나면
내 마음도 연보랏빛

도라지꽃 물이 들고
가는 목이 더욱 가늘어져
먼 곳으로 떠나간다.

그 집 2

올해도 차나무에 차꽃
피었다는 말 한마디에
막혔던 가슴 강물이 트이고
흐렸던 하늘이 열립니다

열매와 꽃이 만나는 나무라 해서
실화상봉수實花相逢樹
작년에 열린 열매가
새 꽃이 피는 걸 보려고
얼마나 가슴 졸여 기다렸을 것이며

새로 피는 꽃은 또
열매를 만나기 위해서
얼마나 숨차게
달려왔을까 보냐

그래서 차나무는

기쁨의 나무

반가움의 나무

만남의 나무

그 무서운 여름의 터널을 이기고

차꽃이 다시 찾아오다니

차꽃 만나러 불원不遠

찾아가겠습니다.

코미디

웃어서 행복한가
행복해서 웃는가
함께 답일 수 있지만
오히려 웃어서
행복한 게 아닐까
그래서 인생이 코미디이고
인생에 코미디는
필요할 것이다.

기지개

아, 좋다

아무것도 하지 않아도
좋고

아무것을 해도 좋은
이 자유!

어쩌면 좋으냐

어쩌면 좋으냐?
장마철에 물이 넘쳐나는 마당
그런데도 처마 밑에 들여놓은 화분
유독 거기만 물이 들어가지 않아
시들어가고 있는 화초
어쩌면 좋으냐?
그 화초가 한 시절 나였다면
또 너였다면
이 일을 어쩌면 좋단 말이냐.

장마철

제습기 물통에 고인 물
반 통이나 고인 물 철렁

화장실에 쏟으며 생각한다
아까워라 이 맑은 물

아프리카 사막 나라
물 없는 사람들 가져다주면 좋을 텐데.

불면증

꼬물꼬물 모래알 같은

말들이 자꾸만 떠오른다

그 말들이 작은 시내가 되고

큰 강물이 되고

바다가 되어 출렁이다가

끝내는 섬을 이루기도 하고

산이 되어 우뚝 앞을 막아서기도 한다

나 좀 놓아다오

나 좀 놓아다오

아무리 사정해도 놓아주지 않는다

다만 나를 데리고 자꾸만

어디론가 끝없이 간다.

광야의 입

입만 있고 귀가 없는
이 적막

다만 서로가
네 설움이 크냐
내 설움이 크냐
큰 소리로 외칠 뿐.

집으로 돌아가는 길

오늘도 많이 늦었다
겨우겨우 살아남은 날
골목길엔 벌써 혼곤한 불빛
스스로 마음 자락을 밟으며 굴리며
집으로 돌아가는 길

오늘도 여러 차례 비틀거리고
휘청 넘어질 뻔했다
누군가 등 뒤에서 나를 붙잡아
덜 비틀거리게 해주고
넘어지지 않게 해주고 있었음을
나는 결코 모르지 않는다

그때 나는 거기서
죽었어야 했는데
그쯤에서 나는 분명

사라지고 말았어야 했는데
구차하게 그러지 못하고
그러지를 못하고

이렇게도 망가져 초라해진 마음
후질러진 마음의 리트머스 시험지
어찌할 텐가, 어찌할 텐가,
그래도 가보는 데까지는 가보아야 할 일

나는 이제 집으로 돌아가는 사람
날마다 돌아가는 집이 아니라
영원의 집으로 돌아가는 사람
집에 가면 어머니 여전히 호롱불 밝히고
나를 기다려 반겨주실 것인가!

어머니, 제가 돌아왔어요

어머니 생각 많이 잊고 살아서 죄송해요

그래요, 잘못 살았어요

어머니께도 잘해드리지 못해서

그것이 미안해요

사과부터 해야 할 일이 아니겠나.

인생의 일

처음, 올 때도 싫고
나중, 갈 때도 싫은
방문객
문학관 방문객

처음에는
낯설어서 싫고
나중에는
그사이 정이 들어서

그 또한 인생의 일 아닌가.

홍수

제민천을 따라 금강을 따라
넘실넘실 넘치는 황톳빛 통곡

내가 그동안 무엇을 그리 잘못했던가
무슨 죄가 그리 많았던가

어지러워 어지러워
토악질하고 싶다.

멈춰야 산다

초록도 지치면 감옥이다

눈에 보이는 것은

모두가 초록

산도 들도 개울도 초록

골짜기며 마을까지도

우북이 초록이 자라

앞을 가린 어둠, 아니면 절벽

아무리 좋은 노래도 끝까지 좋을 순 없고

아무리 뜨거운 사랑도

끝까지 지치지 않을 순 없는 일

멈추어라 멈춰라

멈춰서 네 발밑을 살피고

숨결을 살펴야 산다

그래야 네가 살고 나도 산다.

2부

나, 왔어요 내가 왔어요

공주로 오세요

공주님 공주님

공주에 오시면 누구나 공주님

공주님 함께 오는 남자분

누구나 왕자님

공주님 되러 오세요

왕자님 되러 오세요

무거운 마음 벗어 놓고

가벼운 마음으로 오세요

공주님 되러

왕자님 되러

공주로 오세요.

교회 국수

국수는 잔치 음식
잘 살았구나 잘 고맙구나
서로 칭찬하며
나누어 먹는 음식

나는 예배 보러 교회에 나가지만
국수 얻어먹기 위해서도
교회에 간다

왁자지껄 아이들과 어울려
식당에서 국수 나누어 먹는
우리 교회가 좋다

예수님 다시 오신다 해도
이렇게 국수 나누어 먹는 우리
칭찬해주시겠지

빈자리 골라

국수 한 그릇 가져오시어

후룩 후루룩 소리 내며

함께 식사라도 하실 것이다.

웃기는 깡통

내가 좀 이름이 알려졌나보다
거리에 나가면 사람들이
알아본다
공주의 거리를 지나도 가끔은
모르는 사람이 인사한다
처음엔 우쭐, 기분이 좋다가
점점 우울해지고 마음이
답답해진다
내가 왜 이러지?
내가 무언데?
내가 과연 낯선 사람도
인사할 만한 인물인가?
내가 점점 깡통이 되고 있었다
껍데기만 남고 속이 빈 깡통
내가 이미 깡통인데 나만
몰랐던 거다

오히려 다른 사람들에게

깡통이 되지 말라

충고하고 다녔으니

나야말로 정말로

웃기는 깡통 아닌가 말야.

자연

고개를 숙이고

이마도 숙이고

그렇지 눈초리도

아래로 향할 때

그때가 네가 제일로

예뻤을 때

일부러 고개를 돌리고

그러지 마라

더구나 이쪽을 보며 억지로

웃으려고는 하지 마라

그냥 지금 그대로가

제일 예쁘다

네가 잘 모르겠지만 말이다.

좋은 눈물

눈물도 가지가지

슬퍼서 눈물
아파서 눈물
억울하고 분해서 눈물
기뻐서 눈물

모든 눈물 가운데 가장
좋은 눈물은
누군가 불쌍해서 흘리는 눈물
감격의 눈물.

한마디

두리번두리번
나는 세상에
꽃구경 나온 아이

이 꽃을 보면서도
저 꽃을 보고
저 나무를 보면서도
이 나무를 본다

보는 것마다 새롭고
듣는 것마다 놀라워

두리번두리번
나는 세상에
나들이 나온 아이

애야 그러다가
넘어질라
눈파리 하지 말고
조심해서 가거라

어디선가 외할머니
지켜보고 계시다가
한마디 하신다.

11월 16일

기러기 간다 기러기 간다
맑고 높은 가을 하늘에
길게 길게 시옷 자 글씨를 쓰며
기러기 간다
아 백로도 간다
작은 시옷 자 여러 개 쓰며
하얀 새 간다
기러기는 겨울 새 백로는 여름 새
내가 모르는 어딘가로
새들이 간다.

천천히 가을

출근했어?

요즘 밥은 잘 먹고

잠은 잘 자는지?

이제 천천히 가을이야

그쪽도 이제 천천히 일어나

가을을 보기 바래

가을을 받아들이고

가을이 되기 바래

그대 마음속 샘물에

철렁 물이 고이기 바래.

가슴 가득

뉴질랜드가 어디냐
내가 가보지 못한 곳
앞으로도 가보지 못할 땅
저녁노을이 너무너무 예뻐서
날마다 저녁 시간이
기다려진다는 아이야
보고 또 보고 가슴에 안고
또 안아도 노을이 너무 예쁘고
사랑스럽고 가슴 벅차서
심장이 콩당콩당 뛴다는 가슴
가슴에 벅찬 노을 안고 네가
내 앞에 다시 오는 날 나도
너처럼 가슴이 콩당콩당
뛰었으면 좋겠구나
뉴질랜드의 노을을 나도
가슴 가득 안았으면 좋겠구나.

어느 날

너는 누구와 얘기할 때도 그렇게
눈을 빤히 열고 들여다보아주니?
그럼요

네 눈은 하늘로 열린 창문
바다로 흐르는 강물
내 몸 전체가 내 마음 전체가
네 눈 속으로 빠져들어갈 것만 같아서

겁이 났단다
부끄럽기도 했단다.

청솔식당

공주에 이런 음식점 하나
없었으면 얼마나 섭섭했을까?
공주 구시가지 산성동 재래시장통
복작복작 붐비는 먹자골목 안쪽에
없는 듯 있는 듯 숨어 있는
소머리국밥 전문집 청솔식당
밥맛 잃은 날 문득 찾아가 후루룩
후룩 뜨거운 국물 함께 먹는
국밥 한 그릇
몸살이라도 앓고 나서
감기라도 걸리고 나서
허청허청 다리가 흔들릴 때
찾아가 한 그릇 먹고 나면
다리에 힘이 솟고
눈이 다시 크게 떠지는 집
고기를 주시는 우공 님께 미안하고

음식점 주인의 노고에 고마울 따름이지만

공주에 이런 음식점 하나 없었다면

섭섭해서 어쨌을까?

공주 구시가지 산성 시장통 깊숙이

무슨 보석인 양 숨겨진 식당

소머리국밥 전문집 청솔식당.

삶

등을 돌려 너를 업어보았다
살짝 흔들리는 다리
뜻밖에도 너의 몸무게가
무거웠던 것이다

이파리와 잡담과 새벽
전혀 연결고리가 없는 단어들

먼저 음식점에 가서
기다리라 해놓고
주머니를 뒤져보았으나
끝내 돈이 나오지 않았다
크게 흔들린 마음.

발음

가게를 영어 발음으로
숍이라 소리 내면
옹졸한 것 같고
샵이라 소리 내면
방탕한 것 같아
그냥 우리말로
가게라고 말한다.

오래 잊지 않을게요

왜 그랬어요

왜 그랬어요

누구에겐가 말이라도 해보고

소리라도 한번 질러보지

왜 그랬어요

혼자서만 가슴에 껴안고

아파하다가 몸부림치다가

훌쩍 먼 길 떠나버린 사람이여

미안해요 미안해요

함께해주지 못해서 미안해요

세상은 눈부신 봄이요 여름인데

창밖에 대문 밖에 서서

문 한번 두드리지도 못하고

돌아서버린 청춘이여 어여쁜 사람이여

당신의 이별

당신의 사랑

당신만의 고통
당신만의 망설임
오래 잊지 않을게요
가슴에 간직할게요.

하고도 18일

어제오늘
공주의 하늘 맑고
높고 푸르다
바람까지 맑고
높고 시원하다

아, 여기가
천국 아닐까?
하루 이틀
지금이 천국 아닐까?

여기저기 아는
사람에게
전화 걸어 말하고
문자메시지로 전한다

공주의 하늘이 열렸어요

공주의 하늘이

우주로 열렸어요

오늘은 2023년 10월

하고도 18일.

능소화 두벌 꽃

다 저녁
어스름 판
빈집 지켜
능소화꽃
피었네

초여름 피고 그것도
늦여름 다시 피는 두벌 꽃

누구 보라
누구 기다려
붉은 입술
달싹달싹
무슨 말인가

할 듯 말 듯 망설이다

어둠에 몸을 던지네.

우리 부디

날마다 순간마다
어렵게 만나고
어렵게 헤어지는 우리

만남과 헤어짐이
마음의 얼룩이 되게
하지는 말자

더구나 두고두고
잊히지 않는 아픔
못이 되게는 하지 말자

비인 샘물에
물이 고이듯
물이 고이듯

빈 들판에 풀꽃 피어

향기 머금듯

향기 머금듯

그렇게 하자

우리 부디

그렇게 하자.

다시 능소화 아래

꽃나무 아래 예쁜 사람
사람 위에 예쁜 꽃

꽃이 사람인가
사람이 꽃인가
피어나네 꽃이 피어나네

사람이 피어나고
하늘이 피어나고
구름이 피어나고
세상이 다 피어나네

그러나 사람아
꽃나무 아래서는 부디
사진을 찍지 마라.

강호식당

그래 내가 한국시인협회 회장으로
일한 일이 있기도 했었지
2년 동안 드나든 운현궁 옆
익선동 운니동 골목길
들어서자마자 눈에 익은 간판들
가운데서도 식당 간판들
코에 스미는 정겨운 음식 냄새
그래그래 저 냄새야
생선 굽는 냄새 찌개 끓이는 냄새
아 구수한 밥 냄새
그 골목길에 밥맛이
천하제일인 밥집이 있었지
그래그래 그래 저 집이야
기웃거리느라 발걸음 느려졌다
빨라졌다 그런다.

하늘 창문 1

때때로 우리는
하늘 창문이 필요하다
세상에 살면서
좋았던 사람
못 잊을 사람
하늘로 이사가 살고
있기 때문이기도 하지만
날마다 순간마다
숨 쉬고 살기가 힘들고
버겁기 때문이다
그럴 때 하늘 창문이라도
하나 없으면 어떻게
숨 쉴 수 있을 것이며
견딜 수 없는 일들까지
어찌 견뎌 나갈 것이냐
너도 부디 오늘부터

하늘 창문 하나

마련해 하늘 향해

열어두기 바란다

거기는 잘 있나요?

별일 없나요?

속상한 일 많지는 않은가요?

저녁노을을 보면서도

노을 속에 누군가

나 그리운 사람

나 보고픈 사람 함께

노을을 보고 있다 생각하면

쓸쓸한 저녁노을도 조금은

덜 쓸쓸해질 것이고

힘 빠진 어깨에도

조금씩 힘이 돌아올지도 모른다.

하늘 창문 2

하늘 창문 열고
여기 좀 보아요

거기는 잘 있나요?
여기는 아직이에요

더는 아프지 않기예요.

신호등 앞

교통 신호등이 열리고

신호등 앞에 몰려 있던 사람들이

출렁 쓸려나간다

바닷가에 물러나는

썰물 한가지다

이 많은 사람들 모두 어디로

가는 사람들일까?

왜 이리 바쁘게 힘들게 한꺼번에

무너지는 물결일까?

과연 이들은 살아 있는 물고기들일까?

살아서 자기 힘으로 자기 뜻으로

힘차게 지느러미 움직여

물살을 거슬러 올라가는 물고기들일까?

아무래도 아닐 거라는 생각

나는 신호등이 다시 바뀔 때까지

그 자리에 서 있기로 한다.

돌아갔다

남편 잃고 1년 되었는데

잊히지 않는다며

문학관 찾아와 울먹이는 초로의 아낙 하나 있었다

고작 1년인데 그렇게 빨리 잊고 싶으냐 말했더니

꼭 그건 아니라고 더욱 울먹였다

인사하고 돌아가면서 아낙은

며칠 뒤에 스페인 산티아고 순례길 찾아

여행 떠난다고 말했다

가거든 그 길 위에 남편 생각 내려놓고

오라고 말했다가

그건 아무래도 아닌 것 같아

차라리 남편과 둘이서 그 길을 걸어보라

고쳐서 말해주었다

걷다 보면 남편이 밖으로 나가든지

더욱 안으로 들어와 당신과 한 몸이 되든지

둘 가운데 하나가 될 거라 말해주었다

아낙은 더욱 붉어진 눈으로

그래 보고 나서 정말로 어떻게 되었는지

다시 와서 말해주겠다며 돌아갔다

돌아가는 어깨가 그런대로 씩씩했다.

지우편 1

홍등 행렬을 따라
꼬불꼬불 인파를 따라
문득 찾아든
유년의 골목, 미로

우산도 없이 비 맞아
으슬으슬 떨리는
몸과 마음

골목의 끝 집에서
어렵사리 얻어서 마신 차가
향그러워서 좋았다

우리들 인생의 끝날도
그랬으면 좋겠다.

지우편 2

붉은 등불 줄줄이
목을 매달고 있어

낮인데도 밤인 것 같고
밤인데도 낮인 것 같은 거리

오늘인가 하면 어제이고
어제인가 하면 오늘인 감회

나, 왔어요 내가 왔어요
사람마다 인사드리고 싶었다.

간이역

비키라고, 비켜서라고
목통 큰 직행열차
소리 지르며 지나가는
조그만 기차역

나의 인생도 그런
조그만 역과 같은 것이
아니었을까?

목통 큰 사람들 힘센 사람들
비키라고, 비켜서라고
호통치며 지나갈 때
구석 자리 숨어서 한숨이나 쉬는
어깨 좁은 사내아이

오가는 손님도 없이

플랫폼에 뒹구는

두어 장 낙엽처럼.

흐느낌

스위스가 어떤 나라인가
관광 대국 알프스의 나라
스위스의 남자 청년 한 사람
한국에 반해
한국의 가을 그것도
엉뚱하게 벼들이 익어 누렇게
변해가는 가을 들판
저녁 무렵 빗금으로 떨어지는
눈물겨운 햇빛이 눈물겨워
끝내 제 나라로 돌아가지 못하고
한국의 처녀와 결혼하여
머물러 살았다는 이야기
눈물겨워라 감사해라
우리는 한 번인들 가을에
그래 보았는지
저녁 햇빛에 몸을 맡긴 채

가늘게 떨면서

흐느끼는 벼들이 익어가는

가을 들판을 바라보며

한 번인들 흐느껴보았는지

올가을엔 정말로

흐느껴볼 일이다.

서울시청 앞

만나지 말 것을
만나자 하지 말 것을
만나고 나니
더욱 보고 싶네
왔던 길 다시
되짚어갈 수도 없고
이를 어쩌나
괜스레 후회되는 마음
대한문
정동 골목
흐린 불빛 음식점
길거리 혼자서
기타 치며 공연하는
외국인 무명 가수
굽어진 골목길
옛날 노래처럼 흐르는

덕수궁 돌담길

첫눈 내리는 날 기필코

다시 돌아와야 하겠네.

음악 —경주 카페 바흐

비록 내가 땅에 묶여 있을지라도
비록 내가 꽃이 아닐지라도
아, 내가 바다가 아니고
내가 사는 이곳이 천국이 아니고
내가 비록 천사가 아닐지라도.

다행한 일

그래 알았어요 알았어
너를 가슴에 안고 잘게
정말로 네가 옆에 있으면
잠을 제대로 자지 못하겠지만
네 생각 네 사랑
네 모습만 내 마음 거울에 남았으니
얼마든지 너를 안고
밤새도록 잘 수 있단다
그래서 또 다행한 일이야.

가을 감상

여름을 이기고
기나긴 장마와 더러는 땡볕
목마름을 이기고
겨우겨우 살아남아
푸스스 몸을 가누고 있는 풀숲의
풀들을 본다

조그맣지만 예쁜 꽃송이를 매달고
내가 여기 있어요
나도 여기 있어요
제 이름을 부르며
손을 들어 흔드는 아이들처럼
웃고 있는 꽃들을 본다

거룩하여라 안쓰러워라
성스러운 생명이여

어느덧 서늘한 바람 불고

쓰르라미 쓰르르

맑고 푸른 소리의 강물

길게 길게 하늘에 풀어놓으며 운다

이제 떠날 때가 되었어요

우리도 떠날 때가 되었어요

저들의 1년치 눈부신

생명의 잔치와 이별의 의식

나도 이담에 이렇게 하늘 맑고

먼 데 풍경까지 잘 보이는 가을날

세상을 눈감고 싶다.

저녁이 온다는 것

예전엔 저녁이 오는 것을
저녁노을이나
달빛이나 별빛이
알려주었다

하늘의 빛을 따라
멀리 멀리까지 가는
마음이 있었다

그러나 지금은
주택의 불빛이
저녁이 오는 걸 알려준다

단독주택이든 아파트든
창문에 밝은 불이 켜지면
아 저기 저 불빛 아래

사람들이 있겠구나

하루의 고단한 일정을 접고
밥을 먹거나 티브이를 보거나
이야기하거나
그러겠구나

이러한 생각이나 느낌만으로도
우리의 가슴은 충분히 따스해지고
내일을 다시 살 소망을 얻는다.

소양 고택

산봉우리 산봉우리 너머

예쁜 소나무들 속눈썹 내리깔고

기다리는 곳

기와집 추녀 외씨버선

구름 또한

눈물 글썽이며 기다려주는 곳

한 번 다녀와선

다시 가보고 싶고

두 번 다녀와선 영

마음속에 둥지를 틀고

나가려 하지 않네

언제 나 다시 그곳에 가나?

까치발 딛고 멀리

그리워라

목수국 처녀 새하얀 맨발 차림

그도 또한 속눈썹 깜짝이며

눈물 글썽이며

하늘 속 허공 길 헤맬 것이네.

제천, 포레스트 리솜

다만 꿈꾼 것 같네
현실이면서 비현실
비현실이면서 현실
여기면서 저기
저기면서 여기
나 돌아가 아무것도
보지 않았다 하리
아무것도
듣지 못했다 하리
인간이면서 자연
자연이면서 인간
인간과 자연이 하나 된 그곳
속도를 줄이며
생각을 멈추고
살아온 날들을 돌아보며
다시금 나를 찾는 곳

밝고 맑게 마음을 추스르는 곳

나 돌아가 잠시

꿈꾸었노라 말하리.

첩첩산중 — 한국인 엄홍길

제천 리솜 리조트 찾아가는

첩첩산중

충북의 산골길에서

산악인 엄홍길 대장 이야기 듣다

첩첩산중 같은 이야기

히말라야 높은 봉우리 16좌

오르고 올라 하나하나

허락받은 기쁨

마음에 간직한 채

히말라야 네팔이란 나라

아이들 학교 없는 나라

학교를 열네 개나 지어 되갚았다니

이제는 두 개를 마저 지어 16좌

완성하는 것이 소원이라니

거룩하여라 한국인

한국인다운 오로지 한국인 한 사람

그 마음, 사랑과 포부

앞으로도 첩첩산중이기 바라네.

맑고 밝은

보고 싶어요

애기씨

부산역

태풍 속에

파랑 치마

샌들에 맨발

맨발로 찰방찰방

밟고 오는

부산 앞바다

해운대 훅

가슴에 치미는

밤바람 냄새

아 방금 불이 켜지는

광안대교

번번이 애달픈

부산역 배웅과

유리창 이별

손 흔들며 손을 흔들며

보고 싶어요

애기씨

내 마음 출렁 이제는

부산 앞바다를 통째로

안을까 그래요

맑고 밝은

가을 하늘 아래

그냥 울고 싶지요.

말

음음음 엄마
맘맘맘 맘마
암암암 아빠
갈 길이 멀다.

서귀포에서

집 나간 사람
집 잘 찾아오라고
저무는 저녁 바다
저녁노을 한 자락
걸어 놓고

그리운 사람
맘껏 그리워하라고
저무는 저녁 하늘
노을 뒤에 조각달도 하나
슬며시 띄워놓았단다

멀리 멀리
아주 멀리 나 혼자
여기는 제주도
남쪽 바다 서귀포에서.

많이 남지 않았다

오래 살아 미안하다
추석 맞아 용돈도 드릴 겸
옛집 찾아간 아버지
97세 아버지
내가 너무 오래 살아 미안하다
무슨 잘못이나 다툼 끝에
사과라도 하듯 말씀하신다
그거 아세요 아버지
부모가 오래 살아야
자식이 오래 산다는 것!
쓸어내리는 등이 많이 야위고
잡아드리는 손이 많이 차갑다

이런 날도 이제 많이
남지 않았다.

돌비 하나 — 무산 스님 시비 제막에

부질없는 인간사 자취 없이 사라짐이
스님의 소망이요 일생일대 꿈이지만
뒷사람 스님 못 잊어 애를 태워 애달파

스님 생각 그리움 돌비 하나 세우니
오늘만이 아니라 내일도 또 내일도
오오래 저희와 함께 영생 동행 합소서

스님 무산 큰 스님 몸은 비록 가셨지만
이 땅의 많은 사람 가슴 가슴 기억 속에
꽃같이 나무숲같이 함께 살아 숨 쉬네.

눈썹달 찻집에서

멀다
아주 멀다

지나온 길이 멀고
나아갈 길이 멀다

해밝은 유리창을
멍하니 건너다보며

멀리
아주 멀리

오래
아주 오래.

만나고픈 아이

햇빛 그리운 날
만나고픈 사람 있고
그늘 아쉬운 날
만나고픈 사람 있다

하지만 너는 언제나
만나고픈 아이

햇빛 그리운 날은
햇빛이 되어주고
그늘 아쉬운 날은
그늘이 되어주니까.

인생 회고

잘사는 인생은 자기가 하고 싶은 일을 하며

자기가 살고 싶은 대로 사는 인생

하지만 세상에 공짜란 없는 법

제멋대로 아무렇게나 되는 것은 없는 것

무언가 소중한 것을 포기하고 내려놓을 때만 가능하다

나로서 우선은 자동차 갖기

좋은 집에서 살기

좋은 음식 먹기

좋은 옷 입기를 포기하고

남 앞에서 떵떵거리며 잘난 체하기 같은 것들도 포기해야 했다

그런 다음에야 내가 갖고 싶은 것들을 가질 수 있었다

고요히 혼자 앉아서 구름 보며 생각하기

아내와 손잡고 동네 골목길 산책하기

종이에 연필그림 그리기

좋아하는 음악 듣기

여름날 삼베옷 입고 모자 쓰고 큰 가방 메고 자전거 타고

공주 제민천 길 달리기

그늘이 그리운 날 루치아의 뜰 찻집에 들러 홍차 마시기

햇빛이 그리운 날 눈썹달 찻집에 들러 커피 라떼 사서 마시기

가끔은 아이맘 사진관에 들러 사진 인화하기

공주 거리의 조그만 갤러리에 그림 구경하러 다니기

어렵게 얻은 자발적 고독

그렇게 사는 것만이 정말로 내가 잘 사는 인생이었다.

80세 앞

이제부터는 긴 터널을 지나야 한다

고통의 터널
적막의 터널
불만의 터널
회한의 터널

내가 나의 육신을 포기할 때까지.

인간에서 침팬지로

모처럼 서울 딸네 집에 가서
늦잠 자고 일어나
식탁에서 꾸부리고 앉아
과일을 먹고 있는데
가방 들고 출근하던 딸아이
문득 돌아와 안아주면서
꼭 침팬지 같네 그런다
모스라지고 센 머리털이며
오그라진 몸이 아무래도
침팬지 같아
안쓰러웠던 모양
그래 나도 좋다
이제는 침팬지
인간에서 침팬지로!
좋다 마음조차 편안하다.

겨울 자작나무 숲

우리 떠난 다음에
과연 무엇이 남을까

맑고 푸른 허공에
새하얀 양 떼 몰고 천천히
멀어지는 하늘의 지팡이

면사포 둘러쓰고
기도 드리는 정숙한 여인들
나무 나무 나무 수풀

바람은 차갑지만
순한 바람
눈에 덮여 한적한 그 길 위에서

우리 만나 좋았는데

스스럼없이 기대어 오는 어깨

망설임 없이 맞잡는 손길

무심히 던지는 한마디 말에도

그만 마음이 열려

깔깔대며 웃다가

두 눈에 눈물이 고이기도 했는데

우리 떠난 다음에

무엇이 남는다 할까

무엇이 남아 그 자리

우리를 기다려준다 그럴까.

잠깐 사이

풀꽃문학관 서쪽으로 난
좁은 복도 종이 창문을
오후 시간 한때
환하게 밝히는 햇빛 그림자

길지 않다
잠깐 사이 사라진다
그것도 해마다
가을이나 봄 한철

내 인생의 화양연화는
지금, 여기,
저 햇빛을 바라보는 시간
잠깐 사이

당신의 화양연화 또한

그러하리라.

여행

힘겨운 날들
잠시 버리고
떠날 수 있음에 감사

아름다웠던 날들
그 자리에 남기고
돌아갈 수 있음에 감사

그걸 알게 된
나 자신에게
더욱 감사.

3부

바람결에 전해요

그대 거기

그대 거기 계신 것만으로도 기뻐
그대 거기서 꽃이 아니고 별이 아니어도
그대 세상에 숨 쉬고 있음만으로도 기뻐

가끔은 나를 생각해주겠지
가끔은 하늘 우러러
눈물 글썽이기도 하겠지

그대 나와 함께 세상에
있음만으로도 감사해.

그냥

나는 네가 보고 싶어
보고 싶어
그냥 보고 싶어

나는 네 목소리가
듣고 싶어
그냥 듣고 싶어

뭐 하니?
지금, 뭐 하고 있니?
누구랑 있니?
묻고 싶어
그냥 묻고 싶어

나도 잘 있다고
숨 잘 쉬면서

잘 있다고

말해주고 싶어

그냥 말해주고 싶어.

감사해 고마워 — 군남초등학교 7회 졸업생들을 만나

철없을 때 어렸을 때

나도 어리고

자네들도 어리고

몇 년 전이라냐?

반세기도 훨씬 전

초등학교 새내기 선생과

6학년 학생들로

만난 사이

이제는 같이 늙어 희끗희끗한 나이

살아 있음이 고맙지

옛날 인연이 감사하지

어떻게 살았어?

나 이렇게 살아

늙은 사람이 되고

자네들도 늙은 사람 되었네

미안하네 감사하네

용서해주게

어린 선생의 몽니

어린 선생의 떼

잘 받아주시고

잘 살아주신 그대들이

고마워

지구에 와 자네들 만남이 은혜요 감사

살아서 우리 몇 번이나 더 만나겠나

잘들 사시게

지금껏 잘들 살았으니

우리 잘들 살다 견디다가

지구를 떠남세

자네들께 감사해 고마워.

다쿠보쿠 씨여 안녕

너무 일찍 기우는 겨울 저녁 해를 등에 지고
아직도 풀리지 않는 무슨 고민거리라도
남아 있는 건지
한 손으로 턱을 고인 채
앉아 있기만 하는
112년 전 시인이여

늦게라도 와서 당신 보아
좋았지요
차가운 몸이라도 안아보아
좋았지요

지나칠까 망설이다 눈길로 내려가
밟아본 모래밭 잔잔한 바닷물결
한 손으로 쥐어 흘려보는 까끌한 모래의 감촉
거기에 아직도 당신의 슬픔이 남아 있을 줄이야

당신의 동상처럼 지는 해를 등에 지고
흔들려보는 잠시 실루엣의 시간

떠나도 잊히지 않겠지요
마음 한구석 오래 서걱대며
한숨 쉬고 있겠지요
이제 당신 더는 만날 수 없을 거예요
이렇게라도 만나 좋았어요

다쿠보쿠 씨여 안녕!

지나가는 길 —허미정에게 1

봄날에

눈부신 봄날

개울가 외딴집

머리칼 빠글빠글

귀여운 아이야

이 봄에 지고 남은 꽃

내년에도 피고

그다음 해에도

또 핀다는 걸

의심하지 말아라

오늘 부는 싱그러운 바람

조곤조곤 정다운 물소리가

너를 좋은 나라로

데리고 가줄 것을 믿는다.

사랑이란다 — 허미정에게 2

공주라 제민천 가

큰물 흘러 망가진

개울을 보며 아이야

속상하다 말하는 아이야

사실은 그것이 사랑이란다

말로써는 다 하지 못하는

그 무엇

마음 너머의 마음

마음 깊숙이 더 깊숙이

숨어 있는 마음

사랑이란 말조차 구차하고 부질없지

정말로 사랑은 사랑이라고 말하고 나면

사랑이 아닌 것이 되고 마는 마음이란다.

서로가 강아지

여보, 여보
강아지 기르는 한국
사람이 천만 명이래

사람들이 참 많이
외로운가 봐

그런데 왜 우리는
외로워도 강아지
기르지 않지?

그것은 내가
당신 강아지이고
당신이 내 강아지인 탓이지.

그때 그곳에 —북해도 하코다테에서, 김미라 씨에게

맑고 드높은 하늘과 함께
신록의 숲을 지나온 바람과 함께
한 마리 새가 울면서
빗금으로 날았던가

아니지,
다만 내 앞에서 네가
웃고 있었을 뿐이지
그것은 지워도 지워지지 않는 그림

그때 그곳에 네가 있었던 거다
더불어 나도 오래 있었던 거다.

욘니의 기차

우리가 타고 가는 기차는
완행열차
욘니가 타고 가는 기차는
KTX
다 같이 서울에서
부산 가는 기차인데
우리가 타고 가는 기차는
천천히 가고
욘니의 기차는
빨리 갈 뿐이다
우리 기차가
수원이나 평택쯤 달리는데
욘니의 기차는 성큼
천안이나 대전을 지나고
조금 더 나아가
대구를 지나고 있는 거다

욘니 욘니

빨리 가는 욘니

욘니 기차를 향해

손 흔들어 인사를 한다

그래도 우리가

지구라는 별에서 잠시

만나서 좋았어

먼저 가 먼저 가서

기다려 기다려줘

우리도 따라서 갈게

지구여행 모두 마치고

우리가 다시 만나는 날

두 손 잡고 인사를 해

좋았다고 다 좋았다고

우리 웃으면서 말하기로 해

욘니 욘니야 안녕

욘니가 탄 KTX 기차를 향해

손 흔들어 인사를 한다.

* '욘니'는 홍원기 군의 닉네임으로 어려서 홍원기라는 자신의 이름을 제대로 발음하지 못하고 욘니라고 한 것을 활용하여 자신의 유튜브에서 본명 대신 사용하는 이름이다. 홍원기 군은 2006년생으로 2024년 현재 18세이며 유전자 이상으로 소아조로증을 앓고 있는데 '욘니와 치애'란 이름으로 유튜브 채널을 운영하고 있다.

연말 인사

인생에서 마침표는 곤란해
느낌표나 물음표도 불편해
쉼표나 말줄임표 정도가 좋아
그렇게 하지 않아도
언젠가는 마침표가
찍히는 게 인생이니까.

우는 것도 힘이다

아직도 어린아이처럼
땅바닥에 주저앉아
울고 싶다고?

세상이
왜 이러느냐고?
왜 나한테만 이러느냐고?

그렇다면 울어라
소리 내어 정말로
어린아이처럼
큰 소리로 울어라

우는 것도 힘이고
능력이다
우는 힘으로 부디

씩씩하게 더 잘 살아라.

호칭

일곱 명의 또래가 있었다

오랜 세월 견디면서 한 명

제일 나이 많은 친구를 향해

형이라 부르다가

다섯 명은 그의 성 아래 선생이라

호칭을 고쳐서 부르기 시작했는데

유독 한 명만 그 나이 많은 친구에게

형이란 호칭을 고집했다

오랜 세월이 지났어도

그 고집이 밉지 않았다

그는 스스로를 노숙자라

부르고 있었다.

서풍

서쪽에서 바람 불어와
동쪽으로 마음을 눕히다
너의 향기 한 줌
번졌는가 싶어서.

손도장 — 날마다 우리는 이별하면서 산다

언젠가는 헤어질 나여

미리 안녕!

변신

안 예뻐도
예쁜 아이

맑은 호수에 퐁당
물방울 하나 든다.

엄마는 그런 사람

엄마, 엄마, 엄마는 지금
어디서 뭐 하고 있는 거야!
딸이 이렇게 가슴 아픈데
엄마는 지금 어디서 뭐 하고 있는 거야!

장성한 딸아이가 사고로
세상을 떠나 그 시신
화장장 불구덩이 속으로 밀어 넣으며
세상에도 없는 자기 어머니 부르며
원망하며 하소연하며 통사정했다는
딸아이의 엄마

그도 실은 엄마의 딸
딸은 애당초 그런 사람이고
엄마는 또 처음부터 그런 사람이었다

엄마, 엄마, 어떻게 좀 해줘 봐

어려운 일 생겼을 때

길 가다가 넘어졌을 때

제일 먼저 달려와 손 내밀어주는 사람

넘어진 딸아이 일으켜주는 사람.

엄마의 축사

우리 애기 어느새 자라
이제는 당당한 어른
인생의 반려 찾아 제 길 간다니
막막한 심사
눈물이 글썽

잘 살아라
사랑해라
서로를 배려해라
끝까지 포기하지 말아라
그 어떤 말로도 대신할 말이 없어

말 없음이 오로지
엄마의 축사라네.

어린이날 — 어린이날 축하드립니다

해마다 어린이날만 되면

윤효 시인 앞에 나는

어린이가 되곤 합니다.

카톡 인사

언제부턴가 너의 카톡에

안뇽

안녕 대신에 안뇽

오세요 대신에 오세용

그 안뇽과 오세용 속에

도사리고 안은 채

이쪽을 보고 있는 너의 귀여움

예쁘게 빛나는 눈빛

너의 키들거림

그것이 사랑이고 기대이고

보고 싶음이고

또 우정임을 이제 나는

모르지 않는다

그래서 나도 안뇽 오세용

보고 싶어용 잘 있어용

카톡을 보낸다.

큰 소리로 —윤효 시인에게

괜찮습니까?
네, 괜찮습니다
나는 괜찮으니
당신도 괜찮기
바랍니다.

처음으로

늘 수고하고
고마운 당신
오늘도 여전히
고맙고 감사해

이것이 우리들
마지막 날이 되고
마지막 인사가
될지라도.

하늘 인사

가을 오니
맑은 얼굴
새하얀 이로 웃던 아이
새삼 보고 싶어진다

지금 뭐 하고 있을까?
내 생각 아주 잊었을까?
전화 걸까 말까
망설이다
전화 걸었지만
받지를 않네

잘 있겠지
잘 살겠지
하늘 보며 말하고
하늘 보고 손 흔든다.

일보다 사람이

샘물은 어디에 있나?
동네 한가운데
쓰레기장은 어디에 있나?
동네 한 귀퉁이
인생의 좋은 것도
인생의 한가운데
인생의 나쁜 것도
인생의 한 귀퉁이
조심하자
조심하자
악마가 가까이에 있다
아니다 네가 누군가에게
악마가 될 수도 있다
일보다 사람이 어렵다
어제 누군가한테 들은 말.

더러는

사람 마음은 변한다

그래도 변하지 않는 마음

있을까?

더러는 밤하늘 별을 보는 마음

산이나 강을 건너다보는 마음

바다를 품는 마음

더구나 부모님 마음

꽃 옆에 서보는 마음

어려서 어려서 그립고

좋았던 마음

그 마음이 사람을 세상 끝날까지

데리고 간다.

정신 좀 차려라

가령 둘이 만나

5만 원 내고

식사를 했다고 할 때

그 사람 위해 5만 원

모두 썼다고 말한다면

그것은 어불성설, 망발이다

왜 그 사람 위해

5만 원 썼다, 그러는가

우선 5만 원 가운데

2만 5천 원은 내 밥값으로 나간 돈이고

다만 2만 5천 원만 그 사람 위해 쓴 것이다

더구나 나 혼자 밥을 먹었다면 어쩔 뻔했나

그 사람 위해 쓴 2만 5천 원은

내가 자칫 혼자 밥을 먹을 뻔했는데

그 외로움과 쓸쓸함을 덜어준 값이다

그렇다면 나는 한 푼도 그 사람 위해

돈을 쓴 게 아니라 오로지

나를 위해 돈을 쓴 것일 뿐이다

정신 좀 차려라.

후회

때로는 슬그머니
자식에게도
저줄 줄도 아는
어진 아버지 산
계룡산 아래 다시 와서
일생을 후회해본다
나는 그렇게
한 번도 해보지 못했으니
이걸 어쩌면 좋단 말이냐!

눈감는 시간

아들아

소리 내어 울지 마라

울 힘이 있거든

그 힘으로 용서하라

그리고 너 자신 편안해져라

그것이 비로소 평화이고

사랑이고

인생의 완성이란다.

교사들을 위하여

43년 교직에 머물다 물러난 사람으로
교직에 있는 젊은 교사들 생각하면
미안한 마음
마치 전쟁터에 젊은 동지들만 남겨놓고
저 혼자만 빠져나온 듯한 마음
왜 아니리
그대들 머무는 그곳이 바로
생명의 전쟁터
사랑의 전쟁터
인간의 전쟁터
그대들 물러서면 안 된다
그대들마저 지면 안 된다
그대들이 마지막 보루다
그대들 견디어낼 때 이 세상에
인간의 꽃이 피어나고
평화와 사랑도 피어날 것이다.

선물 —반경환 평론가

설날도 한참 지나
사과 한 박스가 왔다

미안하고
고마운 마음에 글썽

사과 맛이 너무
너무 좋아서 글썽.

이별 — 반경환 평론가

이별하지 맙시다

이별해도 이별하지 맙시다

우리 비록 헤어져

멀리 모르는 사람처럼 산대도

마음만은 그 자리 세워두고

이별합시다

아닙니다

이별하는 날 있더라도

이별하지 맙시다

이별 아닌 이별로 이별합시다.

봄비

비 오는 날
꽃밭 청소하는 노인에게
젊은이가 다가와 물었다
오늘같이 비 오는 날 왜
꽃밭 일을 하시나요?

그것은 내게 내일이
그다지 많지 않기 때문이고
이 비 그치면 꽃들이 싹이 나서
꽃밭에 사람이 들어가면
안 되기 때문이라네.

새벽잠 깨어

가거든 전화해라

설날 하루 전

고향 집에 들렀을 때

99세 되신 아버지

비몽사몽간에 하신 말씀

평소 전화

자주 하지 않는 아들이

못내 섭섭하셨던가

열에 들떠

정신없이 하신 말씀

그 뒤론 병원에 드시어

전화를 드려도

받을 수 없게 되었네

머잖아 세상 뜨시면

전화 걸 수도 없는

나라로 가시겠지

이를 어쩌면 좋으랴

나는 이제 80세

새벽잠 깨어 가슴 아프다.

다시 새벽잠 깨어

춥고 어둡고 길고 긴 겨울밤

고향 선산에 무덤 되신 어머니보다

요양 병원에 드신 아버지 생각난다

잘 계시겠지

춥지 않으시겠지

식사도 잘하시고 잠도 잘 주무시겠지

다시 한번 새벽잠 깨어

늙은 아들이

더 늙은 아버지를

생각하고 생각한다.

지우지 못한다

어머니
어머니 전화번호
어머니 세상 뜨신 지 4년째
내 핸드폰에서 지우지 못한 번호
010-9450-1086

문득 전화 한번 걸어보고 싶어
전화기 누르려다가 멈칫

정말로 어머니가 받으시면 어쩌나?
아니, 다른 사람 목소리가 대신
전화 받으면 뭐라고 말하나?

전화기 내려놓고
전화번호 지울까 말까
이번에도 차마 지우지 못한다.

반투명쯤

예쁘다 느끼고
사랑스럽다 생각하고
성의 충동까지 가졌다면
그야말로 축복
생명 감각의 완성이다

사람한테든
산이나 바다나 나무나
꽃송이나 흰 구름한테든

그렇지만 말이다
거기서 멈출 것이 아니라
한발 더 나아가
그 마음을 아끼고
그 느낌을 다스리고 다듬어
오래 간직하면 어떨까?

그렇지, 반투명쯤이면 좋겠다

완전히 드러내지도 않고

가리지도 않는 반투명

10년이고 20년이고

지나다 보면 정말로

꽃이 되고 보석이 되지 않을까.

바람결에 전해요   —흰 구름 여사에게

바람결에 전해요
나 여기 아직은 잘 있다고
숨도 잘 쉬고 잠도 잘 자고
밥도 잘 먹고 있다고

바람결에 전해줘요
그대 지금 어느 별 어느 하늘
지나고 있는지
누구랑 무엇하며 무슨 얘기 나누며
무슨 풍경 앞에 바라
울고 웃고 있는지
가끔은 내 생각도 하고 있는지

바람결에 전해요
바람결에 전해줘요
여기는 다시 봄

기적처럼 다시 봄이 와서

꽃이 피고 있다고

꽃잎 위로 햇빛이 눈부시다고

소스라쳐 새들도 울고 간다고.

총각 시절

대문 안에 들어서자마자
그늘 속에 함박꽃
함박꽃 웃음
우리 반 아이 종일이 누나

성씨가 나 씨라서
예쁘다는 말도 못 했고
좋다는 생각은 애써
마음에서 지웠지

그러나 뜬금없이
떠오르는 이것은
도대체 무엇이란 말인가!
함박꽃 웃음

50년도 훨씬 지나

대문 안에 들어서자마자

함박꽃 웃음

우리 반 아이 종일이 누나.

너는 지금

나는 지금 구름 위에 있는데
너는 지금 어디 있느냐?

나는 지금 바람 속에 있는데
너는 지금 어디 있느냐?

꽃을 보며 울먹인다
나무 보고 길을 묻는다.

숟가락

예쁘다
고우시다
고마우시다

후루룩 후룩 국물도
떠서 마시고
가뿐가뿐 밥도
퍼서 먹으며

어머니 어머니
할머니, 드디어
외할머니

보고 싶어요
만나고 싶어요
눈물 글썽이기도 한다.

외할머니

서른여덟에 홀몸 되신 외할머니
사랑 줄 사람 없어
친정 조카들 사랑했고
외손자들 사랑했네
사랑은 하늘의 논에 물 대기
밑 빠진 독에 물 붓기
세월 지나 그걸 알고
이제는 늙어버린 외손자.

날이 저물었나 보자

외할머니 내가 업어달라 조르면
문밖을 살피며 하시던 말씀
날이 저물었나 보자

초등학교 3학년 될 때까지
외할머니 등에 업히고 싶어
내가 또 속으로 가만히 중얼거렸던 말
날이 저물었나 보자

동네 아이들한테 들키지 않으려고
날이 저물었나 보자
날이 저물었나 보자.

청유형으로 — 정용숙 시인에게

그러자 그래
꽃 피는 날
우리도 함께
꽃 피우자

그러자 그래
하늘 맑은 날
우리도 함께
맑아보자

세상은 낡고
멀리 먼지 일지만
우리까지 그래선
안 될 일이지

변해도

변하지 않는

마음 하나

허공에 걸고

부질없는 세상

하루하루

곱다리히

살아가 보자.

축복 −문기찬·김영은 결혼에

일찍이 그대들처럼
잘 어울리는 사람들을 본 적이 없다
말하지 않는 말을 알아듣고
눈빛만으로 서로의 마음을 헤아린다
함께 오래 살아보기도 전에
미리 닮아 있다
그것은 그대들 마음이 선량하기 때문
그 착한 마음 하나로
인생의 끝날까지 가거라
뒤돌아보지 말고 망설이지 말고
두리번거리지 말고
앞을 보면서 씩씩하게
가끔은 서로를 살피며
아주 멀리 인생의 끝날까지 가거라
그리하여 서로가 서로의 거울 되고
서로가 서로의 그늘 되고

서로가 서로의 스승 되고

서로가 서로를 잘 울리는 악기 되거라

지상의 악기지만 끝내

천상의 소리를 내는 악기 되거라.

말씀의 힘이라도 빌려서 —2024년 신년시

잠시 짧은 꿈을 꾸고
다시금 새로운 꿈 앞에 선 것 같은 마음
누군가에게 그럴 듯 속은 것 같기도 하고
나 자신 나를 속인 것 같기도 한 마음

다시금 한 해가 물러가고
다시금 한 해가 다가왔다고는 하나
하나도 신기할 것도 없고
가슴 설렐 것도 없는 마음

호랑이해 토끼해 다음
이제는 용의 해라고 하니
용을 닮아 씩씩하고 용기 있고
당당하게 살아보자는 당부이겠지요

자연의 신비神祕는 부서지고

인간의 위의威儀마저 바닥나고 난 지금
무엇을 믿고 살 것인가?
무엇을 따라 살 것인가?

그래도 이런 말이 있지 않을까요
내일 죽을 사람처럼 열심히 살아라
영원히 죽지 않을 사람처럼 배우며 살아라
시작은 미약하나 나중은 창대하리라

말씀의 힘이라도 빌려서
우리 한 해 잘 살아보기로 해요
그럴듯한 꿈 꾸어보기로 해요
날마다 새날, 날마다 새사람을 부탁해요.

4부

———

그대는 시인

노래하고 숨는 새

모름지기 고운 노래 부르는 새는
노래하고 나서는 재빨리 몸을 숨긴다
그렇지 않고서 그의 노래는
박제된 소리의 반복이거나
장난감의 소음일 뿐

하물며 시인에게서랴!
좋은 시를 썼으면 스스로 됐지
무슨 찬사를 더 기다린단 말이냐?
뻔뻔, 너무 오래 사람들 앞에서 서서
너무 많은 말을 내놓은 것 오히려
부끄러운 줄 알아라.

일생

프리다 칼로
'프리다'는 독일 말로 평화
아버지가 지어준 이름
그러나 평화와
싸우기만 하다가 간
일생
등뼈에 철심을 꽂고
한 남자를 지독히 사랑했으나
그 남자와 싸우기만 하다가 간
또다시 일생
사람들은 그녀를
화가라 불렀다.

시인인 나에게

잘난 척하지 못해서 좋았어

아는 척하지 못해서 좋았어

더구나 성스러운 척

깨달은 척하지 못해서 더 좋았어

지금 그대로가 좋아

마이너 그대로

마이너 넘어서 다시 마이너로.

달밤

잠을 이룰 수 없었어요
창문에 가득한 달빛
마당에 쌓인 고요
혼자서 잠을 잘 수가 없었어요

문을 열고 문득
마당에 내려 탑을 돌아요
혼자서 두 손 모아 탑을 돌아요

자박자박 발걸음
고적한 발길
누군가 따라와 함께
탑을 도는 사람 있었어요

누구실까 돌아보니 아무도 없고
다만 달님이 달빛 되어

함께 탑을 돌고 있었어요

바람에서도 향기가 나고

하늘과 땅에서도

향기가 날 것 같은 밤이었어요.

달항아리 2

얼마나 보고팠으면
달님을 그렸을까
얼마나 그리웠으면
달님을 안았을까
달님이라도 보름달님

세상에서는 만날 수 없는 사람
사람 목숨으로는 더더욱
만날 수 없는 사람
몸부림치다가 드디어
흙이 되고 모래가 되고

죽어도 죽지 않는 목숨이
되고 싶었어요
둥실 두둥실 달항아리
죽어서도 끝내 그대에게로.

어법

사랑합니다

네,

사양하지 않겠어요

그것은 아름다운 예절.

연애 감정

자라도 자라지 못하고
늙어도 늙지 못하는

미친 마음아

드디어 점점 붉은 꽃
꽃이나 이룰래.

키스

눈을 뜨고
내 눈을 좀 보아라

싫어요

눈을 감고도
다 보는걸요.

흰 구름님에게

흰 구름님. 지금 어디쯤 가고 계시는지요? 지금 무엇을 보고 무엇을 듣고 계시는지요? 한때는 나도 눈물 글썽이는 눈으로 당신을 바라보았고 가슴 가득 당신을 안고 싶어 안달한 적이 있었지요. 그렇지요. 그 시절엔 당신이 나의 애인이었고 누이였고 고향이었고 미지의 나라였고 사랑 그 자체였으니까요.

당신은 검고도 치렁한 머리칼을 가진 여자. 가까이 가면 그 머리칼에서 알싸한 양파 냄새가 번질 것도 같았었지요. 하지만 당신은 언제나 멀리 아스라이 있는 사람. 내가 가까이하기에는 너무나도 커서 벅찬 사람. 팔을 뻗어 아무리 잡아보려고 애를 써도 손끝에 닿지 않는 사람. 다만 아쉬움. 다만 서러움. 다만 그리움.

당신을 만나면 들려주어야지, 마음속에 간직한 이야기가 많았지만 가까이 만난 일이 없기에 한 번도 당신에게

들려드린 적이 없지요. 그러다 그러다가 그 이야기들 이제는 모두 사그라들고 조약돌로 부서지고 모래알이 되고 말았지요.

하기는 당신 만나 이야기하려고 했다고 해도 가슴이 뛰고 말을 더듬어 말을 하지 못했을지도 몰라요. 그렇다면 차라리 아주 가까이 만나지 못한 것이 잘된 일인지도 몰라요.

당신은 나에게 많은 것을 보여주고 가르쳐주었어요. 흰 구름 되어 하늘 높이 높이 떠서 흐르다가 먹구름 되어 가라앉고 안개구름 되어 흩어지기도 했지요. 주어진 모든 생명이 그러하고 사랑이 또 그렇다는 걸 묵언으로 보여주었지요.

그래요. 이제는 당신 가까이 만나지 않은 걸 애달파

하지도 않고 후회하지도 않으려고 그래요. 이만하면 되었다, 저만큼 당신 높이 떠서 흐르고 아직도 당신 바라보는 나로서 만족이지요. 당신 어디에 있고 무엇을 보고 무엇을 생각하든지 마음의 평안을 빌어요.

　나도 잠시 지구 위에서 평안하게 숨 쉬다가 당신 곁으로 가려고 그래요. 그때 당신 나 알은체 눈짓으로 인사해주고 그동안 하지 못한 이야기, 밀린 이야기들 들려주시기 바라요. 그러면 그때까지 부디 당신 안녕을 빌어요.

명예

분명 섬처럼 앉아 있을 텐데

그래도 그 자리 가보고 싶나요?

말을 타고 꽃밭 가니 — 박방영 화백 그림

아주 아주 오래전
원시
원시 이전의 원시

하늘 열리고
땅이 열리고
다만 평화와 사랑인 때

사람도 오직 사랑
믿음이요 평화요
다시금 사랑인 때

너와 내가 하나요
오히려 네가 나이고
내가 너인 때

바라보기만 해도

가슴 설렜으리

오히려 오늘의 사랑

아직도 나는 그대 사랑

그대는 나의 신앙

가슴에 안고 진저리 치네.

당분간 1

두텁고도 부드러운
가을 햇볕 아래
아이들 더 예쁘고
과일들 더 예쁘다

요 며칠 사이
풀 섶의 꽃들도 푸스스
앓고 일어난 모습
거울 속의 나도 훨씬
더 늙어 보이는 얼굴

그래도 당분간은 괜찮겠다.

당분간 2

날씨 느닷없이 쌀쌀해지니
서둘러진다

무슨 일인가 해야만 할 것 같고
누군가 만나야 할 것만 같고
무슨 말인가를 또
해야만 할 것 같고
어디론지 정처 없이
떠나야 할 것만 같아
마음이 급해지고 복작거린다
어찌해야 하나?
어찌해야 하나?

서성이는 날이 좀
내게 있어도 좋겠다.

문득

밖에 누구 왔소?
창문 열면 아무도 없고

다만 바람 소리
나뭇잎 소리

가을이 문득
나 보고 싶어

잠시 와서
서성이다 갔나 보다.

천일홍

사는 일이 허무합니다
사람과 사람 사이가
너무나 무정합니다
그 허무함과
무정함 사이에
꽃이나 두어볼까 합니다
꽃의 이름은 천일홍
이름만이라도 천 날 가는
사랑이 있었으면 좋겠습니다.

책

첫 문장 쓰기가 어렵다
아니, 첫마디 말 하나
단어 하나 쓰기가 어렵다

무어라 쓸까?
생각 끝에 '인생'이라고 써본다
그런 다음 '기억',
그리고 '나'라고 써본다

그렇구나!
책은 내 인생의 기억을
쓰는 것이었구나.

시의 끝

어디까지나
시의 끝은 독자

그것도 어린 독자

나아가 내일의
어린 독자.

100년 아버지

박목월 시인
100년 동안
시인들 마음에
살아 계신 아버지

나도 앞으로 100년
시 좋아하는 사람들
마음속 아버지로
형제나 친구로 산다면
얼마나 좋을까!

시인

처음엔

정신신경과

환자였는데

끝내는

정신신경과

의사가 된 사람.

동행

우리 함께 가자 친구야
그대의 길은 그대의 길
나의 길은 또 나의 길
서로의 길 위에서 우리는
자주 지치고
자주 고달프고
자주 망설이고
자주 두리번거리지만
마침내 우리는 친구
우리는 동행
결코 다투지 않는다
우리의 목표는 성공
한때는 사랑
한때는 행복
오히려 다툴 상대는 나 자신
나를 내가 이기고

내가 나를 잘

데리고 다니는 일이 급선무다

다만 서로가

숨소리 가까이 들려주며

지치지 말자

끝까지 가자

부추길 따름

그대의 완성이 나의 완성이고

나의 완성이 또 그대의 완성임을

우리는 서로 눈감지 않는다.

그래

안 돼

안 돼요

안 된다니까

안 된다는 말을 하도

많이 하고 살아서

안 된다는 말을

하도 많이 듣고 살아서

나이 들어 이제는

무엇이든지

그래 그래 그래

안 되는 일도

그래 그래 그래

그러다 보니

안 되는 일도

되는 일이 되는 때가 있다.

카톡 안부

미국에서 만나
좋았고
사랑했고
드디어 그리운 사람

시간 내서
책 부칠게요

이제 우리도 마음 편히
잘 늙어가기로 해요.

*

한국에는 다시 가을이 와서
들판에 벼들이 익어가고
그 위로 햇빛 또한 노랗게

눈부시답니다.

시인 생활

나의 교직 생활은

19세부터 62세까지

43년간

초라하고 가난하고

가끔은 화가 나서 버리고 싶었지만

그것은 밥벌이의 길

내가 살아남기 위한 길

애당초 아버지가 원해서 가게 된 길

나의 길이면서도 아버지의 길

나의 시인 생활은

15세부터 오늘까지

아니 앞으로 세상 뜨는 날까지

직장은 정년이 있고

은퇴가 있지만

시인의 길은 정년도 없고

은퇴도 없는 길

끝내 내가 원해서 가는 길

억울함이 있고 섭섭함이 남을 리 없다.

내 마음의 아버지

내 시의 아버지 박목월
내 마음의 아버지 박목월
하늘나라로 가신 지 어느새 46년

아버지
그 나라에서 평안하신지요?
세상에서 아프기도 하셨기에
몸과 마음 두루 평안하신지요?

무엇보다도 시를 많이 쓰셨겠지요
이 땅에 계실 때 4년, 5년마다 한 권씩
시집을 내셨으니 열 권, 스무 권이
넘는 원고가 쌓였을 텐데
시집은 잘 내셨는지 모르겠습니다

저는 선생님 일찍이 주신 가르침대로

서울에 올라올 생각 말고
시골서 살며 시나 열심히 써라
그 말씀 붙들고
한세상 저물었습니다

이제 겨우 80살 나이가 되고 보니
왜 그런 말씀 하셨는지
아슴아슴 알 것도 같습니다
제가 그렇게 아둔한 인간입니다

선생님
아니 문학의 아버지
마음의 아버지
다시 뵐 날도
얼마 남지 않았군요

만나 뵈오면 그동안

변한 세상 얘기 두루

말씀 올리겠지요

그러노라면 몇 날 몇 밤이

있어야 하겠지요

그날까지 부디

평안히 계시기 비오며

이만 안부 여쭙니다.

춘추

점점 봄과 가을이 빨리
지나간다
머리를 잠깐 보였는가 하면
이내 꼬리를 보인다
아 그래서 옛 어른들도
당신들 나이를 봄과 가을
춘추라 불렀던 것일까
봄과 가을은 빨리 지나간다
그처럼 너희의 날들도
빨리 지나가리라.

섭섭한 말씀

어려서 초등학교 다닐 때
외할머니가 하신
섭섭한 말씀

너는 머리가 좋은 아이가 아니야
노력하니까 그만큼이나 하는 거야
그 말씀이 내 인생의 길이 되었고

1971년도 신춘문예 당선되어 만난
박목월 선생이 하신
섭섭한 말씀

나 군, 서울 같은 데는 올라올 생각 아예 말고
시골서 시나 열심히 쓰게
그 말씀이 내 시인의 길이 되었다.

그대는 시인

그대

가까이 범하기 어려웠던 사람

젊어서 어려서 숨결

뜨거웠던 시절에도

손길조차 내밀지 못했던 사람

어찌 가슴에 품을 수 있었으랴

다만 생각만으로

느낌만으로

그대는 시인.

포기

끝내 포기하지 못할 것을 위해
더 많은 것을 포기한다
그것이 나의 삶이었고 나의 일생
끝내 내가 포기하지 못한 것은
시 쓰는 일 시인으로의 삶

밤에 고요히 맑은 등불 아래
혼자 앉아
소리 내어 시를 읽고
글을 쓰고 책을 읽기 위해
낮 시간 사람들을 덜 만나려 했고
격한 몸놀림을 피했으며
술과 음식을 과하게 먹는 것을
조심했다

나아가 집과 옷과 음식을

최소한으로 줄였고

자동차 타기도 포기했다

그것이 내 초라한 인생의 좌표

그렇지만 끝까지

포기하지 못하는 일은 역시

시 쓰는 일이고 시인이 되는 일

그래서 끝내 나는

가난한 시인 조그만 시인이기를 잘했다.

시의 어머니 — 김남조 선생님 소천에

선생님과 같은 하늘을 이고
같은 땅 위에서 같은 나라 같은 말을 쓰면서
같이 시를 쓰는 사람이어서 좋았습니다
살아서 여러 번 뵙고
즐거운 이야기 시의 이야기 많이 나누고
사랑까지 베풀어주시어 참 좋았습니다

육신의 어머니는 아니지만
마음의 어머니 시의 어머니
영혼의 어머니

더 많은 사람의 이웃이요
진정한 위로자이자 벗이요
마음의 파수꾼
이제 아흔여섯 해 지상의 생명을 다하고
하나님 부르심 받으셨으니

안녕히 가시어요

함께한 날들 모두가

꽃밭이었고 축제였답니다

당신이 세상에 먼저 시인이셔서

저희도 따라서 시인이고 싶었고

자랑스러운 시를 쓰고 싶었답니다

안녕히 가시어요 어머니

지상에서 살며 육신으로 아프셨으니

하늘나라에 가서는 아프지 마시고

이제는 지팡이 놓고 휠체어 놓고

편한 걸음으로 천천히 하늘나라 가시어요

다시 뵙는 날 기쁘게 웃겠지요

다시 뵙는 날 그 나라에서

새로 쓰신 시 차근차근 읽어주시어요
어머니 어머니 시의 어머니.

*

한국어가 도달할 수 있는 가장 영롱한 서정시
오직 안쓰러움으로 세상을 껴안은 모성
진정한 위로자요 인간의 벗이요 영혼의 파수꾼
여기 잠들어 영원히 새로운 세상에 사시다.

그러하듯이

아내가 입만 열면 버리겠다고
벼르는 내 낡은 양복저고리
연한 브라운 톤의 골덴 양복

여보 그러지 말아요
그 옷만 입으면 10년 전 20년 전
나를 찾은 것 같아 반갑고 기쁘고
눈물겹기까지 하답니다

제발 버리지 말아주세요
더 낡아 입을 수 없을 때까지
입을 거예요

내 인생이 그러하고
당신 인생 또한 그러하듯이.

100프로

시 창작법에서 이미지 설명할 때
시각이미지 70프로 청각이미지 20프로
그리고 나머지 10프로는
촉각과 후각과 미각이 고루 나누어 갖는다
말한다

마찬가지로 우리네 삶에서도
눈이 보인다면 70프로 좋은 것이고
귀가 들린다면 20프로 더 좋은 것이고
피부감각 살아 있고 냄새 맡을 수 있고
음식 맛볼 수 있다면 10프로 더 좋아
결국은 100프로 성공이요 만족이요 행복이란 것이다

그런데도 자신을
100프로 불행이고 절망이고 100프로 망했다고 말한
다면

출발점부터가 잘못된 것이고

그 자체가 불행이고 절망이고 또 망한 것이 되는 것이다.

중얼중얼

그치지 않는 장마가 있더냐고
아무리 많이 내리는 눈이라 해도
그 끝은 있게 마련이고
녹는 날이 있다고

어려서 딸아이에게 해주었던 말을
딸아이가 다시 딸을 낳아
그 딸이 중학생 되었을 때
다시 해주는 거 듣는다

그치지 않는 장마가 있더냐고
아무리 많이 내리는 눈이라도
그 끝은 있고 녹는 날이 있다고
중얼중얼 중얼중얼

가늘고도 맑고도 고요한

시냇물이 소리 죽여 조심스레

흘러가고 있음을 눈 감고도 본다.

윤슬 앞 1

까닭 없이 서러울 때 있지요
버림받은 일도 없이 버림받은 것 같은 마음

몸이 아플 때
계절이 바뀔 때

강가에 나가보면 강물 위에
윤슬이 살아날 때지요

강물도 서러운 일 있어
햇빛을 빗보며 눈빛을 반짝이나 보아요

내가 몸이 아프면
말이 없고 조용해진다는 걸 아는 당신

고마워요 감사해요

당신 그런 마음 염려로 내가 살아요.

윤슬 앞 2

어렸을 때
아주 어렸을 때도 그랬어요

학교에서 돌아와 몸이 아프면
이내 잠을 잤지요

잠을 자고 있노라면 외할머니
다가와 이마에 손을 짚으며 말을 했어요

애가 몸이 아픈가 보구나
잠결에도 그 말씀이 좋았어요

내가 몸이 아프다는 걸
말을 하지 않아도 알아차리는 외할머니

외할머니 그 힘으로 내내

어린 시절 내가 행복했어요

지금은 내가 외할머니보다 오래 살았지만
그래도 나는 외할머니가 보고 싶어요.

민들레 시학

몸이 무거워
제 어미 나무 밑에
툭 떨어지는 분꽃 씨앗

씨앗 주머니를 탁 터트려
제법 멀리까지
가기는 하는 봉숭아 씨앗

그보다 현명하고 유능하기론
깃털 씨앗으로 가볍게
가볍게 바람 타고

제 어미가 알지도 못하는
곳까지 가서 씩씩하게 싹을 틔워
꽃을 피우는 민들레 씨앗

시여, 사람의 시여

그대도 민들레 씨앗을 닮아

될수록 가볍게 밀리, 멀리까지 가라

가서 거기 시인이 모르는 사람들

가슴에 내려 꽃을 피우고

끝내 꽃밭을 이뤄다오.

소나무에 대한 감상

사철 푸르고 변함없음이 좋았다

기상이 맘에 들었다

우리 풀꽃문학관에도 그래서

소나무를 다섯 그루나 심었다

그러나 10년을 두고 보니

그게 아니었다

도무지 곁을 내주지 않는 나무였다

소나무 부근에 귀한 풀꽃을 심었는데

하나도 살아남지 못하는 거였다

두메양귀비, 하얀 할미꽃, 금낭화, 복수초

골고루 심었지만 하나도 살아남지 못했다

그야말로 혼자만의 고집, 독야청청이요

독선이었다

나는 이제 소나무에 대한 지지를 거두어들인다

그렇다고 나무를 뽑겠다는 말은 아니다

다만 지지를 거두어들이고 애정을 철회한다는 말이다.

시에 필요한 것

시는 가슴이 내리는 말씀을
공손히 받아 쓰는 글이다
시는 세상과 자연이 주시는 말씀을
더욱 공손히 받들어 쓰는 글이다
그러하다
시에는 공손한 마음과
부드러운 눈길과
겸허한 손길이 필요하다.

젊은 시인에게

문학강연 마치고
어린 학생들 시집 들고
줄지어 사인받을 때
젊은 시인이 옆에서 보면서
말했다
나는 언제 저렇게 되나?
그러자 늙은 시인이 답했다
기다리게 그렇지만 그때는
그대도 사인하는 손이
떨릴 걸세.

뚝

나의 생애는 물방울 하나
태평양 바다 가운데로
뚝 떨어지는 물방울 하나

그 물방울 하나
태평양 바다를 흔들 수 없고
태평양 바다 물빛을
바꿀 수 없어도
그냥 뚝 온몸을 던지고 마는

물방울 하나
억울한 생각도 없이
섭섭한 마음도 없이
다만 무심히 무심히

명분은 그대를 위하여.

신은 등 뒤에 있다

신은 언제나 우리의 등 뒤에 있다
등 뒤에서 속삭이듯 말하거나
웃거나 그런다
그러다가 뜬금없이 살금살금 밀기도 하고
세차게 밀기도 한다
어떤 때는 앞으로 고꾸라져 넘어지도록
밀기도 한다
그러면 그대여
울거나 억울해하거나 화를 내지 말고
어푸러진 채 잠시 생각해볼 일이다
잠시 그대로 있어볼 것인가,
가던 대로 계속 갈 것인가,
새로운 길을 선택해볼 것인가,
그러노라면 마음이 조금씩 밝아지면서
새로운 방책이 떠올라줄 것이다
언제나 새로운 길, 좋은 길은 그대 안에 있다

다만 그걸 우리가 눈 감고 있을 뿐이다

그걸 찾으라고 신이 우리의 등을 밀고

넘어뜨리기도 하는 것이다

신은 언제나 등 뒤에 있다

때로 고개를 돌려 찾아보아도 신은

보이지 않을 것이다

부디 그대 눈앞에서 신을 찾지 말라.

거꾸로 사계

편안한 겨울

가득한 가을

고달픈 여름

초라한 봄날.

시인 기도

가까운 사람보다는 먼 사람

잘 아는 사람보다는 모르는 사람

똑똑한 사람보다는 어리숙한 사람

부유한 사람보다는 가난한 사람

스스로 커다랗고 당당한 사람보다는

스스로 작고 초라한 사람

사랑을 얻은 사람보다는 사랑을 잃은 사람

시를 아는 사람보다는 시를 모르는 사람

그들에게 저의 시가 쓰여지게 하옵시고

저도 또한 그들 옆을 지켜

작고 초라한 시인이게 하소서.

문학강연

내가 뭘 잘 알아서
온 게 아니에요
여러분들이 나를
조금 알아줘서 온 거예요
이제부터 우리 조금씩
친해져보기로 해요.

어떤 시인에게

저도 모르고

남도 모르고

세상 어느 누구도 모르고

다만 시 같은 시

시 비슷한 시

그런 시로

세상을 속이고

자기를 속이고

끝내 시를 속이고

도대체 어쩌자는 건가?

예끼 이 사람아!

시인은 언어의 사기꾼이

아니란 말이야.

강연장에서

문학강연 마치고
독자들에게 사인해주는 시간
멀쑥하니 앞에 세워놓고
사인하는 것이
아무래도 민망한 것 같아

옆자리에
의자 하나 놓아주고
나란히 앉아 사인하다 보면
필경은 속마음 털어놓고
이야기하게 마련이고

더러는 눈물
글썽이는 사람도 있어 나도
따라서 눈물 글썽여보기도 하는데
아, 사람의 마음은 그렇게

옆으로 수평으로 흘러가서

하나가 되기도 하는 것이구나

이것은 내가 날마다

새롭게 배우고 깨치는

일 가운데 하나라네.

늙은 기도

오늘도

나를 위해 살게 하시고

그 삶이 넘쳐

다른 사람을 위해서도

살게 하소서.

고마운 일

사람이 아는 길만

길이 아니고

눈에 보이는 길만

길이 아니라

더 좋은 길은

숨어 있는 길

사람이 모르는 길

그 길을 짐작으로라도

조금씩 알게 될 때

그 사람은 이미

늙은 사람이 되지만

그때라도 그 길을

알게 됨은 고마운 일이다.

마지막 꿈

나에게도 꿈이 있다

나 이다음 세상 떠났을 때
지인이나 가족이나 이웃보다는
전혀 나를 모르는 독자 몇 사람
그것도 젊고 어린 독자 몇 사람 찾아와
시인으로 살던 한 사람 여기 죽었구나
그리 말해주고

시인이 새롭게 쓰는 글
우리가 읽지 못해 얼마나 섭섭하냐!
그리 말해주기를 바라는 꿈

이것이 나의 마지막 꿈이다.

2024. 1. 16

'비 눈속에서 붉은다'

시 쓰기만은 멈출 수가 없었다

지난해, 2023년은 나에게 개인적으로 힘든 한 해였다. 내내 잘하던 문학강연이 잘 안되고 사람을 만나기가 싫어지고…… 스스로 짚어봐도 우울증 증상이 분명했다. 내가 왜 이러지? 통제가 되지 않았다. 하는 수 없이 가볍게 우울증 약을 먹으며 두문불출 지내기로 했다.

젊은이들 말로라면 번아웃이 된 것이다. 번아웃. 내부 에너지의 고갈, 소진을 말한다. 그러면 그렇지. 그렇게 많은 사람을 만나고 그렇게 먼 거리까지 싸다니면서 문학강연이랍시고 떠벌리고 다녔으니 아무렇지도 않은 것이 오히려 이상한 일이지.

집에서 쉬기로 했다. 모든 일정을 취소하고 집에서 쉬기로 했다. 아무 일도 하지 않고 멍하니 있어보기로 했다. 그 또한 젊은이들이 말하는 멍때리기 그것. 정말로 조금씩 좋아지기 시작했다. 그 사이 재독在獨 철학가 한병철 씨의『피로사회』(문학과지성사, 2012)란 책을 읽었다.

『나태주의 행복수업』(열림원, 2024) 인터뷰를 위해 여러 차례 공주를 방문해준 인터뷰어 김지수 씨가 추천해준 책이 바로『피로사회』였던 것이다. 끝까지 책을 읽기도 전에 마음이 조금씩 밝아옴을 느꼈다. 그렇게 그 책은 나에게 구원 같은 책이 되었다.

그토록 허방지방 어지럽던 시기에 쓰여진 글들이 모여 이 시집『오늘도 나는 집으로 간다』가 되었다. 키워드는 '오늘'과 '나'와 '집'. 사람이 살아가는 데 그 세 가지가 가장 소중하다는 생각이 들었던 거다. 누구나 힘든 하루, 집으로 돌아가는 것 자체가 위로와 기쁨이 아니겠나.

나아가 집은 영원의 집, 종언의 장소일 수도 있다. 내 나이 이제 80. 그런 생각을 아니 할 수 없는 나이다. 강연과 사람 만남을 멈추고 살면서도 끝내 멈출 수 없었던 것이 시 쓰기였다. 어쩌면 시 쓰기를 멈추지 않아 다시금 내가 살아난 것인지도 모르겠다.

그렇게 시 쓰기는 여전히 나에게 살아남는 방법이었고, 망망대해 풍랑을 피해 잔잔한 포구로 돌아가게 하는 노와 같은 역할을 해준다. 이 얼마나 고마운 일이냐! 나의 인생 끝날, 마지막 순간까지 시가 나를 찾아주기를 바란다. 아니다. 내가 시를 버리지 않기를 바란다.

이 시집은 나로서는 52번째 시집. 감사란 말을 넘어서는 감사가 거기에 있다. 일찌감치 오아물 루의 그림을 구입해서 보여주면서 시집 내용의 가이드라인을 정해준 열림원의 정중모 대표님과 어지러운 원고를 1년 동안 받아서 정리해준 김현정 주간님에게 감사의 인사를 더불어 드린다.

2024년 5월,

나태주 씁니다.

오늘도 나는 집으로 간다

초판 1쇄 인쇄 2024년 5월 20일
초판 1쇄 발행 2024년 5월 30일

지은이 나태주
펴낸이 정중모
펴낸곳 도서출판 열림원
출판등록 1980년 5월 19일(제406-2000-000204호)
주소 경기도 파주시 회동길 152
전화 031-955-0700
팩스 031-955-0661   페이스북 /yolimwon
홈페이지 www.yolimwon.com   트위터 @yolimwon
이메일 editor@yolimwon.com   인스타그램 @yolimwon

주간 김현정   책임편집 김은혜   마케팅 홍보 김선규 최은서 고다희
편집 박지혜 정소영 김혜원   온라인사업 서명희
디자인 강희철   제작 관리 윤준수 고은정 구지영 홍수진

ⓒ 나태주, 2024

ISBN 979-11-7040-263-3 03810